歌集

時のながれ

田代鈴江

典々堂

*目次

装本・秋山智憲

歌集　時のながれ

ふるさとの駅

若き日に君と登りし愛鷹の山容せまるふるさとの駅

弟の新盆となりしこの夏を老母《はは》が待ちいるふるさとに着く

ふるさとの駅に降りれば遠き日のゆめのつづきのごとき夕映え

去年の春夫がほめくれしソバージュのショートヘアーで行くクラス会

父逝きし同じ歳にて弟は妻子と老い母残して逝きぬ

不況下の就職戦に挑む息子の朝食に添えおくドリンク一本

地球環境破壊が進む世紀末楽観主義に我は徹せよ

噓

ふと言いし小さき噓にこだわりて今宵の月は我にまぶしき

美しく言葉の綾を綴りゆきわがそらごとの歌を詠まんか

夫の噓やさしさからと知るゆえにだまされているこの寒い夜

刹那主義のわが堕ちゆくをいましめつつ世紀末的不安にひたる

ロゼワイン二杯に酔いて愉快なり笑い上戸よ昔も今も

その昔《かみ》の乙女ら雛の夜に集いワインで乾杯老後に乾杯

飼主の子ら成人し老犬と我との散歩が日課となりぬ

わが運を左右するという天秤座いずこの空でわれをあやつる

ストレスの解消などと理由づけ高価なイヤリング買いてしまいぬ

飼犬の散歩を口実に家を出る家族の絆うとましきとき

黄色より似合うと赤きスカーフを首にまかれて雑種犬ドナ

渚の砂文字

「半額」の大きシールを貼られたる花束かかえてスーパーを出る

特売品ばかりを満杯にして走るわが自転車の荷台もカゴも

炎熱のひと日を外に働ける息子《こ》を想いおり涼しき部屋で

丈ひくき男にあらねど若き等と並べば低しバス停の夫

さざ波はゆるやかに来ていま書きし渚の砂の文字を消しゆく

花好きの友への退院祝いには一本豪華なカサブランカを

「再会」という名のホテルの赤きネオン雨にけぶりて人を恋うごと

停車時間須臾に過ぎれば遠ざかるかつてのわれが降りたちし駅

スーパーに働くわれのさだめとし大つごもりの朝の出勤

五千余の生命《いのち》一時に渡るとき三途の川はラッシュなりしか

（阪神淡路大震災）

若いふりして

デイパックを背にして自転車走らせる桜並木を若いふりして

眠るためひとり厨で飲むワイン春の嵐に眠り断たれて

意にそまぬパート勤めを辞す決意固めし朝の風がおいしい

民の声もりあがらぬまま参院選の公示日きたる梅雨の朝《あした》を

わが投じし一票の行方見とどけん視聴してもどかし政治討論

自転車を走らす我を待ち伏せて行けども行けどもかおる木犀

色彩の好みで性格占われ我はユニーク、ガンバリ屋さん

階段を昇りて通うティールームここのミックスサンドが好きで

公園はさながら犬のコンテストわが雑種犬わるびれもせず

水無月の乱

「庭先からごめんなさい」と隣家の主婦より賜わるカボチャの煮つけ

向い家の宅急便をあずかりぬこれもわたしの平和運動

口惜しさきわまる果てに気づきたり人の言葉は寂しき凶器

口ほどに物言う犬の眼に追われあたふた朝の散歩に出でぬ

バス停で待つより早しと歩みだし待ちいしバスに追い越されたり

かの戦火、夫《つま》、息子《こ》の死をものりこえて米寿迎えし母に敬礼

ねたみ、そねみ、我が狭量を恥ずばかり雲ひとつなき今日の虚空に

花よりもダンゴを良しとする友に還暦祝いはプリマのハムを

その角を曲れば逢える予感して木犀かおる露地にたたずむ

過去世にひとを欺きし罪の償いか親しき人の裏切りにあう

我が性の直情径行不器用は猪年生まれの誉れと生きむ

さめざめと人をうらめば眼冴え真夜降りしきる雨音を聞く

真夏日は今日で五日め台風も二度来て下総水無月の乱

シャンプーの次はブラッシング目を閉じてエステの客のごとかる犬よ

前に立つ男女の会話まぶた閉じ耳そばだてる弱冷房車

息子生還

真夜中の電話は告げる息子《こ》が乗りしワゴン車ダンプと正面衝突

かけつける車中にひたすら息子《こ》の生命たすけ給えと手を組み祈る

運ばれし救命センターの文字見えてにわかに足のふるえてきたり

良き偶然かさなりくれて息子《こ》の生命消えず九死に一生を得る

息子《こ》の熱は未だ下がらずうつうつと帰路につくなり術後二十日め

川口の町並バスにゆられゆく息子《こ》の入院も一〇〇日経たり

病院発駅までのバスは我ひとり一七〇円にて夜をひた走る

三度目の子の手術の日告げられて説明を受く若き医師より

ひとすじの光見えたり息子《こ》を見舞い帰途の足どり今日はかろやか

三区間まどろみおれば隣席はサリーをまといし美女に変りつ

入院長き子よりの電話に一喜一憂このおろかしさわれは母なれば

ロバート・キャパ展にて

キャパ展にキャパの墓前に泣き伏せる母を写せし一枚があり

静岡駅で紫煙くゆらすキャパの顔ひとつき先の死など知らずに

戦争の悲惨を伝えし良き男キャパも沢田も異郷に果てたり

地雷踏み死にたるキャパが撮りしかの「崩れ落ちる兵士」は二十四歳

焼死せしキャパ愛用の日本製「最後のカメラ」に付着する泥

草原を進む兵士ら撮りてすぐ地雷を踏みてキャパは死にたり

タイビンに通じる道を避難する母子写りてキャパの死んだ日

空襲を逃れて走る少女の眼時空をこえて胸に迫り来

空中戦見守る民衆写されて視線の先にある日本軍

「パリ解放」喜ぶ民衆ド・ゴールをかこみて輝く顔・顔・顔

今は亡きモンロー、クーパー、バーグマン、キャパに撮られてみな若かりし

仰向きの横顔美《は》しきバーグマン、その時二人は恋仲だった

海へゆく女性にパラソル背後よりさしかけている平和なピカソ

ゆめのつづき

ときめきて我が降り立つ仙台駅夏トク切符日帰りの旅

七夕かざりはなやぐ駅の構内でカメラに向かいポーズをとりぬ

一人では選ばぬモダンな夏帽子おしゃれな友が選びくれたり

離れ住む子が植えゆきし花水木咲き初めたるにカメラを向ける

屋上から棒をかざせば綿菓子になりそうな雲ひた流れゆく

すでにして捨てたるゆめのつづきなど追いかけたくなる五月の風に

意地っぱり我の過ぎ来し悔やまねどかの日の選択正しかりしか

この長き信号待つ間のいらだちは篠つく雨のゆえにはあらず

われを容れぬやさしき口実友ひとり去りゆくと受話器にサヨナラをいう

ひびき合う言葉失せたる友と居るランチタイムのにぎわう茶房

真青なる空に陣取りせるごとき入道雲の白き勢力

甘酸っぱき記憶の糸をたぐらせてナツメロ流せるマヒナスターズ

老犬ドナルド

秘めごとの色に出るがにたそがれをくれない淡く咲きいる芙蓉

三人子の母であるゆえ三通りの憂いを持ちて梅雨寒の朝

帰りたくなきドナルドと帰りたき我との綱引き老犬の勝つ

老犬のたしかな足どり先立てて我のストレスはつかやわらぐ

かぎりなくストレス強き日老犬と真夜を歩めば月の明るし

ストレスをかかえ働く末の子を気づかえば増す我のストレス

待ちかねし秋風頬にやさしくて酷暑の名残りの簾をはずす

確実に滅びに向かう惑星か気象史ぬりかえ真夏日の秋

この汗と共に流るる体脂肪と思えば良きか炎暑の道も

幼な児は居らねどアイスキャンデー買いてしまいぬ買物帰り

あじさいが喜びている梅雨の雨人間《ひと》は身体にカビが生えそう

眠られぬ脳乗せ《なずき》いる枕よりラベンダーのポプリはつかに匂う

硬質の腹部を見せて空を飛ぶその不可思議にいまだ乗らざり

逆光の路地

シルエットの人ちかづけば夫なり年の瀬せまる逆光の路地

「かけがえのなき地球環境守ること」宇宙飛行士若田の言葉

企業戦士でどこもあふれて新幹線金曜夜のプラットホームは

このコートに似合わぬ色と思いつつワイン色ブーツの履きごこちよし

あの頃にタイムスリップ出来るなら我にも野望のひとつやふたつ

ゆるびたる頤《おとがい》の皮ひっぱればわが頬十《とお》は若がえりたり

去年今年詩嚢枯れゆく気配にて枯れ葉舞い散る午後の狼狽

胸もとにつかえる澱のごときもの子の近況を知りてこのかた

人恋いて電話すれども誰もだれも留守番電話小春日の午後

列島の大地ゆらすか大鯰この頃どこかがいつも揺れてる

木犀のかおりふかぶか吸いこんで友とのウォーキングも至福のひとつ

往還に見るはな朝は白く咲き夕べほろ酔い淡きくれない

いささかの酒にほてりしわが顔に寒気こよなく心地よき宵

昨日降りし雪をよろこび駆ける犬自前の毛皮あたたかく着て

大雨の予報が小雨のち晴れてやっぱり我は晴れ女なり

三人子の末子も娶り出でゆきて老犬すこしわがままになる

満開の桜ふるわす春の雪異常寒気団列島よぎる

連翹の黄の色われを招くがに風にゆれてる友の庭先

われの飼う犬はペットにあらずして心かよわす全《まつた》き家族

秋の虚《おおぞら》

喜びの二人の笑顔のかたわらにつくり笑いのわれが写れる

憂き事もうれしき事も紙一重良きかな良きかなひと日すぎゆく

寝ぐるしき真夜鳴るベルは何ならむ隣家しばらく小声して止む

淡あわと人恋う少女の頬のごとうす紅色の今日の夕映え

年一回気のおけぬ友三人で生命《いのち》をみがく六度めの旅

あと何年つづくか夏の小旅行車中はなやぐ熟年三人《みたり》

となり家のさんまの匂いも秋風が連れてくるゆえ窓を閉めたり

わざわいは口より出づると知りつつも言ってやりたき一言がある

怒り持ちて見上ぐる秋の虚《おおぞら》にわが狭量も静まりてくる

真青なる空に直線描きゆく飛行機雲の無限を見上ぐ

ぶどうの様な赤き房実のたわわなる飯桐《いいぎり》仰ぐ戸定の庭に

初孫

一月六日七草マラソンにぎわう日われは初めてババサマとなる

ババサマにやっとなれたとみどり児を抱けば重し生命《いのち》の量《かさ》は

未だ見えぬ赤子のまなこはちちははの次に初めて何を見るのか

不穏の世に生れし赤子が笑いたり今日は祈らんおまえのために

誰ならん笑顔で我に挨拶し通り過ぎたる帽子の女性は

家計簿の収支あわぬがいらだたし会計課員でありし日のごと

月光はアフガンの子らも照らすらんいかなる未来を描くかその子

行列の先は宝くじ売場にて一攫千金ゆめみる我も

無駄遣いしてしまいたり子の関わるブランド商品カゴに入れきて

昨日の怒り反芻すれば淋しさに変りゆくなりひとりの厨

あの夜のくやしさまたも甦りあらあらと米研ぐ水無月の宵

一抹の不安が脳裏に住みつきて杞憂という文字いく度も書く

今日虹を見たるうれしさ明日行く飛驒路の旅のときめく予感

虹立つとカメラを取りに戻りしが写りしははかなく淡き断片

コーヒーはこの店のモカと決めている少し頑固な友につき合う

万華鏡

偶然を期待し今日も来てしまう公園デビューの孫に逢いたく

平穏を我は願えどそれぞれに波瀾も良しと子らは言うなり

月一度カルチャー教室に通うため通勤電車に乗る時の快

我を乗せ自転車をこぐ君の背のシャツにしみたる汗の思い出

おしろい花を鼻に張りつけ赤・白・黄の天狗となりて我ら遊びき

大晦日までのはかなきゆめ買うと今年も華やぎ列に連なる

連番よりバラがよろしき年末ジャンボ夢みる時間《とき》のはつかのびれば

干物でも焼こうか今夜は正月の御馳走攻めに飽きたる舌に

バグダッドに略奪つづき盗賊も魔法のランプも硝煙の中

わが投ぜし一票生かせよ初当選藤井県議と握手を交す

もしかして我はみなしごになったかも横浜空襲の日またぬぐり来ぬ

疎開先で幼きわれが聞きし報ちちははの住む横浜全滅

戦争に別れし幼友達と還暦すぎて横浜に会う

ひさびさに今日は真夏日みんみんみんぜみこれが最後と鳴きしきるなり

可愛いがりし子らは巣立ちて老犬の介護は専ら老いたる我ら

息子《こ》の生命たすけ給えと祈りし日々のどもと過ぎたる今も忘れず

万華鏡まわして今宵癒さるるこの美しくはかなきものよ

ウォーキングの行先変更デパートの売場めぐりて熟年われら

雨降りの予報にデパート各階を歩きて五千歩ノルマをこなす

目の保養と言いつつめぐりデパートで買ってしまった秋のジャケット

些細なる事によろこび些細なる事に怒りてひと日が終る

吾を待たず走りゆきたる朝のバスたちまち渋滞の列にはまりぬ

祈り届きて

骨髄炎の疑いありと聞かされて最悪の場合も覚悟したりき

わが祈り届きて組織培養陰性なり術後八日めに聞きし朗報

六回も手術受けし子八年めに足より出でしプレートの重み

三十一歳で事故に遭いたるわが息子いま三十八歳壮年前期

長年の気がかりひとつ解決す春一番の吹き荒るる日に

あじさいと菖蒲の花に魅せられて連れとはぐれきあじさい寺に

明け方に雨の上がりて本土寺の藍色つゆけきあじさいの花

汚職議員の落選決まりし夏の陣テレビに拍手し夫と握手す

りんごが好き

唐突に浮かぶ横顔このわれも若きまま君をよぎることありや

梨園で梨は好きかと問う君にリンゴが好きと言いしあの夏

かの夏の君との会話よみがえるセピア色したアルバムの中

人類の驕りが招きし災害か列島いずこも異変がつづく

何ゆえにこんなに淋し待ちかねた涼しき風が舗道わたる日

またしても探偵ゴッコ探しもの夫婦《ふたり》の海馬おとろえくれば

わが星座のラッキーカラーは今日ピンク、スカーフで決めて街に出で行く

光線にうかべば頬の張り失せし老女のわれが朝の鏡に

いまのいま大地震《ない》来れば如何にせん深夜の風呂場で泡にまみれて

灯油積みて自転車走らす夕まぐれしみじみ淋し　息子は遠し

はじめて娘が購いたるギター古びしをこのごろ夫が手すさびに弾く

グルニエの隅にねむりていくとせを人を待ちいしこの古ギター

折々に

日蔭より出ずればふいのあたたかさ上着のボタンはずして歩む

ぶるぶるっと身震いはげしく雨はじく氷雨の中を曳かれゆく犬

穴あらば入りたき失態春の夜にまた思い出すひとつのシーン

子も孫も無きこの人に愛犬をまず誉めてから話題に入る

春雨を傘に受けつつ歩みゆく舗道に散りたる花びらよけて

どれにても一本百円とある花を選りてたちまち千円の束

二十年を共に過しし犬逝けば我らはついに二人となりぬ

ひとたびも吾が行かぬ間に閉店せし回転寿司店改築はじまる

飛行一時間がどうしてもイヤと言いはって寝台特急北陸の旅

上野発十一時三分北陸号ヒコーキぎらいの我に合わせて

向い席の男の視線とぶつかりぬ一駅まどろみ眼《まなこ》あければ

ありし日のドナにそっくり吾を見ては振りかえりつつ曳かれゆく犬

我を見つめ振りかえりつつ行く仔犬生まれかわりしドナかとおもう

真夜さめて作りし一首のメモ見るに自《し》が文字ながら読むに難儀す

寝つかれぬままに今更おもい出すかの日かの時がターニングポイント

角帽の君と写りてまだ恋を失う痛み知らざりき　秋

スーパーを出れば風がここち良し試飲のワインに頬ほてらせて

三人子は結婚・開店・転職とそれぞれせわしく今年が暮るる

一大事

わが夫の一大事なり超音波で腹部に写る四センチの影

若ければ開腹手術即決なりされどと大学病院紹介さるる

腹腔鏡手術すべしと症例多き大学病院紹介されて

判決を聞くがに待てり検査結果を大学病院待合室に

病院を出ずれば春の日差しなり手術せずとも良しと言われて

ちちははになることなかりし十年を過ぎて五月の息子ら夫婦

叶わざるゆめのいくつか風に乗せ夕べ飛び立つ紙の飛行機

梅雨闇にドクダミが咲き独裁者の率いる国の狂気を憂う

余白

ことごとく思惑はずれしひと日終え韓流ドラマは寝ころびて見る

自分史のごとき家計簿捨てがたくまた仕舞いおく納戸の隅に

家計簿に残る記録に三人子の学費、ローンの占める割合

色褪せぬ家族旅行の思い出にまだ若かりき夫も吾も

すぐそこまで秋は来ておりビル群の上にひろがる羊の雲に

人類の滅亡招くは頭脳なりと学びし記憶またよみがえる

唐突に友の死告げる喪のハガキ平均寿命に余白のこして

空腹をかかえて電車に揺られゆく二ヶ月ごとの血液検査

いまだ我が乗らざりしもの高空に雲引きてゆく歳晩の午後

その時はその時のこと腹くくれば今日のひと日のなんと楽しき

旅番組見れば恋人未満なる君と登りし山脈写る

春のあらし

一日に一首詠むべし感動も喜悦悲哀も何もなき日も

あの人のいいとこどりは許せぬと言うがにとどろく夜の春雷

お人好しのおのれはがゆく今度こそ言うてやらんと言葉めぐらす

憤懣のやるかたなきをもてあます我にかわりて春あらし吹く

春あらし神のいかりの代弁のごとくはげしく列島縦断

春あらし異常気象の列島を縦断したり　気がすみましたか

平凡にひと日終えしを喜びと記して今日の日記を閉ずる

南方の海で撃沈我が叔父は征きてかえらず婚約者《フィアンセ》のこして

真夜に聞く飛行機の爆音ゆくりなくB29の記憶が甦る

上空をＢ29が通過する防空壕で聞きし爆音

富士山を目じるしに襲来せし敵機首都を爆撃焦土となせり

通過するＢ29の編隊を見上げいたりき疎開児われは

ちちははの住む横浜が燃えし日も六〇〇の編隊われは見ていき

親なし子になること危く免れし我が聞きたる母の戦争

五ヶ月の身重の母が弟を背負いて逃げたる横浜空襲

背にひとり胎にひとりの子を抱え戦火をひたすら逃げたる母よ

生きのびて壕より出づれば一面の焼け野原たる横浜の街

呆然と立ちいし父よ焼跡に妻子の行方わからぬままに

この下に遺体あるかもと防空壕のくずれ落ちしを掘れずに父は

焦げくさき衣服まといてちちははと弟来たり七日余り経て

「防空壕に帰る」と夜ごと泣き叫びしかぞえ五歳の恐怖の記憶

消息の分らぬままに姪われを引きとる覚悟したりと叔母は

ああついに待ちたる神風吹かざりき頭《ず》を垂れ聞きし玉音放送

今生の別れと列車を見送りし母の心を戦後知りたる

兵士らの衣服のために飼犬も供出させられシロと別れき

玉音放送聞きし夜黒き布はずし思わず拍手喝采したりき

終戦が三月《みつき》はやければ横浜も焼けず原爆投下もなかりしものを

終戦を胎にてむかえし弟は今は二人の子の爺となる

古希われと百ちかき母の六十余年いまは戦後かはたまた戦前

「別府の湯」にして

モネの描く「日傘の女性」のポーズして青空バックに土手に立ちたり

告げ口を聞かされさわだつ身を洗う今宵の風呂は「別府の湯」にして

些細なることと受けとめ落ちこまぬ己れほめつつ湯舟に沈む

明日もまた猛暑の予報空みあげ夕立を恋う人も草木も

公園の木蔭はいつも蟬時雨われらの会話も声高くなる

中年の女性に座席ゆずられて若さへの自負いたく揺らぎぬ

あこがれの君がすすめで漱石の『門』読みたるもはるかなむかし

車を寄せて見送る山道ツーリングの若者手を挙げ走り過ぎたり

予報より早く降りだし帰りきて予報士のにこやかな言い訳を聞く

ピラカンサの赤も日毎に色増して陽に輝けり今日は小春日

関東にも雪降る予報鉢植えの金の成る木を部屋にとりこむ

昨日ひと日降りたる雪は今日の陽に町洗いつつ溶けてゆくなり

宝くじ売場は素通りこの頃は堅実にしてゆめも見ぬなり

粗忽者われが買いしは七分そで木枯らし吹く夜は春ぞ待たるる

良い意味の鈍感力も身につきてトゲある言葉も笑い飛ばせり

わだかまることそのままにさりげなく会釈交わすも大人の流儀か

子がかつて務めしメーカーの飲料を七年たっていまだ買うくせ

耐用年数

骨つぼに七分にも満たぬ義母の骨一〇二歳の生命果てれば

十八年病床にありし義母の骨こんなに小さく少なきものか

一〇二歳の義母の葬儀に集いきしなかに耳順の孫ひとり在る

満席のひとつをゆずられホッとせり若ぶることはもうやめにする

いつどこで掛け違いたるボタンかとしみじみ淋し雨降る夜は

信ずるものなにも無き世になり果てて産直品といえど疑う

午睡より醒めしばかりの眼に仰ぐ空に羊の大群がゆく

耐用年数つぎつぎ越えて働かずエアコン、ママチャリ、われの右脳

後期高齢眼内レンズに夫が見る地デジテレビは十年保障

昨夜降りし雨が作りし水たまり日輪の光きららかに受く

母の日

タコ焼きを作りすぎたと自転車で五分が程の息子の家に行く

手足揉み湯舟にゆったりひたる間にいつものように日付けが変わる

うす味の恵方巻きガブリと二人してならい通りにもの言わず食む

自転車を押しつつ逆風のなか行けば空カンひとつ風に転がる

賜りし子らよりの旅二人して湯元の駅に今し降り立つ

季節はずれの夏日となりし箱根路に咲きしばかりの桜散るらん

昨日今日夏日となりて満開の桜花びら急《せ》きて散りゆく

おおかたは半袖姿の外国人芦ノ湖を行く海賊船に

母の日になにを贈らん最後かも知れぬ今年の母は一〇〇歳

臨終の顔が勝負と聞きいしが母は勝ちたりおだやかな顔

小説が書ける一生とよく言いし母は波瀾の生涯閉じる

母の日の花束柩に入れやりぬ母の日に母の葬儀となりて

ああ母はもう居ないのだ実家《さと》に来て今さら気づくチャイム押すとき

昭和の記憶

色あせしハガキ出できぬ宛先は東京のアパート昭和のわれに

ゆかた姿を君にほめられ胸あつく共に見上げし花火の記憶

唐突に思い出還る木犀の匂いたつ朝の窓をあければ

むせかえるごとく薫れる木犀が遠き記憶の糸をたぐらす

二切れの魚は夕餉に取りおきて茶づけサラサラ一人の昼餉

洗顔のあとのクリームぬる頬に小皺は見えずメガネはずせば

古希すぎてあくがれているアバンチュールたとえばひとりのあてのなき旅

自らを納得させる昼下がり不本意なりし民主圧勝

我が唇《くち》に居座るヘルペス原因は疲労、ストレス、慢性不況

病室にナースが六人うたいくるるハッピーバースデー動けぬ夫に

もうすまい一喜一憂正月の検査の時もでんとかまえて

常夜灯のみほのか明かるき正月の病院待合室の寂寥を行く

都電荒川線

都電まだ未経験という友ときて都電に乗りぬ町屋、王子を

飛鳥山花見帰りに足のばし巣鴨を歩く女三人で

干支入りの赤き下着を二枚買う死ぬまで夫婦元気でいるため

フリー切符四百円で荒川線乗り降り自由な庶民の足よ

チンチンと発車の合図いつしらず見知らぬ同士の会話がはずむ

三人子と何回来しか荒川遊園孫連れ来たしと眺めて通過

梶原では都電モナカを買いたきが今日はおあずけ時間が足りぬ

またいつか三ノ輪橋から早稲田までブラリ乗りたし昭和が甦る

この都電存続のため近隣の署名あつめし若きあの頃

荒川区北区豊島区新宿区四つの街が都電の生命

花見より帰りて浸る内風呂は吉野の桜湯あわきもも色

バラの石鹸

未明には雪やむ予報雪どけと共に消え去れわたしの鬱も

我が乗るママチャリ追い越し若きらはたちまち遠くの角まがりゆく

警報器鳴るここの踏切かけぬけてパートに通いし朝もありたる

スーパーの安売り野菜買った日はなじみの八百屋をさけて帰りぬ

カラフルな杖持つ老女にすれ違う遠からず来る我の姿か

つかれたる心も共に癒せよと裸身を洗うバラの石鹼

公園に遊ぶ子供ら遠目にはどの子も孫に見えてしまいぬ

思いっきり明るく声かけ挨拶すわれにトゲ持つ人に出会えば

盆踊りの人影たえし公園に提灯連なり闇をてらせり

五回めの嘘

使わねば日ごと弱まる足腰の次は目と歯と友は言うなり

山好きの君に恋してひたすらに後追い登りし愛鷹の山

山岳部の君にさそわれただ君と共に居たくて山に登りき

なかなかに深まらぬ秋十月の炎天の下朝顔ひらく

度忘れの多くなりたる老ふたり二人で一人と素直に思う

去年失せし手袋右手が出できたり左手すでに処分せしあと

自転車の乗り降り正座つらくなりもうジーンズは穿けずなりたり

今年こそ会いたいですと書き添える賀状はこれで五回めの嘘

大鍋のもらい手あれば磨くなり二人家族に出る幕なくて

大鍋はもう使わないこの鍋でスイトン作りき　終戦記念日

余震おそれ風呂に入らず着替えせず被災地ならぬ千葉に住みいつ

脱衣場にケータイも置き大地震いま来るなかれとそそくさ入る

列島は毎日揺れるかの日より本震、余震、誘発地震

人類のおごりが招きしフクシマの人災は日ごとに深刻度増す

「想定外」「ただちに健康被害なし」会見の度にリーダーが言う

新品の防災服で会見する宰相の言葉は民にひびかず

息子の転勤

友三人で一年ぶりにおち合いて期間限定母の日御飯

ちょっと見はゴージャスな青千円のネックレス皆にほめられている

放射能の雨たっぷりと受けて咲く今年の紫陽花むらさき濃ゆし

スープの冷めぬ距離に住む息子《こ》が転勤で一番遠くなりてしまいぬ

転勤で子が行く徳島という文字がこの頃やたら眼に入るなり

今さらにこの子に何かと頼りきし我らと思う転勤聞きて

転勤の子の赴任先徳島に来年は阿波踊り見に来よという

戦いの終りし夜に耿耿と川面に映りし灯の色忘れず

湯上がりの夜更けに足の爪を切る母ありし日はタブーでありしが

湯上がりの柔らかき爪はばからず切るなりわれの至福のひとつ

フクシマの少女の記事にかさなりて学童疎開の日がよみがえる

単身赴任の乙の子見送る羽田空港しばし間あれば茶房に語る

空港に子を見送りし帰り路の車窓に見ゆる大き一機が

転勤してゆきし息子が徳島より金時芋を送りくれたり

赴任先四国より息子が送りきし鳴門金時ほっこり甘し

大小の差異も日毎にランチュウの稚魚もらいきて二ヶ月たてば

ナツメロを聞きつつふいに浮かびくる面影ひとつすこやかなるや

今ふうに言えばイケメンわたくしの胸ざわめかせ去りゆきし人

骨折

左ならまだよかりしを右手首骨折したる我の失態

骨折の右手使えず十日余《ま》り自転車乗れず手紙も書けぬ

ふがいなき左手みかねて動き出す骨折したる我の右の手

昼電車スマホあやつる若きらにはさまれて我は歌集をひらく

晴れ女三人そろえば雨の予報明日にずれたりはとバスの旅

風流に無縁の日常今日われは花買い短歌《うた》詠みはつかはなやぐ

継ぎはぎとはすなわちパッチワークなり戦後の母の端切れの手さげ

捨てがたく防空壕より持ちきたる焼けし着物の端切れとなりしを

『赤と黒』のあらすじすでにおぼろなりジュリアン・ソレルの名のみ忘れず

今年こそ逢わんと決めていし旧友《とも》の訃報を聞きぬ炎熱の午後

静子ちゃん、すうちゃんと呼び六十年最後に逢いしは十年も前

「そのうち」は通用しない年齢と思い知りたる今日の友の訃

カラオケのなかりし時代の忘年会手拍子打ちつつまず「お富さん」

汝の住む町

阿波おどり見せたき息子それよりも汝の住む町見たくて母は

飛行機は決して乗らぬと決めいしが搭乗手続きいま完了す

空港の玄関出ずれば阿波おどりの歓迎の連繰り出している

前方にせまる眉山を眺めつつ吉野川にかかる橋を渡りぬ

阿波おどりの衣装で自転車走らせる女性二人に追い越されたり

たのしくも短かき三泊四日にて見送りの息子と手を振り別る

ふとつけしテレビに映るは夏に行きしうだつの町並、四国三郎

またひとつ齢かさねる神無月台風一過の真夏日ぞ今日

三人子がひそかに進めしサプライズ喜寿を迎えるこのわれのため

水槽をおおきくしなくちゃ貰いたるランチュウの稚魚一年過ぎて

水槽の掃除も口実のひとつにて月に一度は孫を呼び寄す

起き出して本でも読もうか真夜醒めて軒うつ時雨の音を聞きいる

年ごとに縮む背丈は年ごとに伸びゆく十歳に追いつかれたり

歳古りて気短かになりしこのひとの舌禍を憂う危うき時代に

落下物

杞の国の人の憂いにあらずしてロシアの空より降る落下物

戦争貧困知らぬ世代が推進する国防軍もアベノミクスも

約束の日は大雪でまた逢えずかくままならぬ人生をゆく

湯上りに巣鴨で買いたるシャツを着る冷え込み厳しき如月の夜

締切に合わせてポストに急ぐ朝寿司屋の裏より酢飯の匂いす

けだるさに寝転びて見るサスペンス突如の猛暑日続く昼ふけ

訓練で顔には汗をかかざると女優が宣う　我は失格

ひとりだけ玉の汗かきボール蹴る孫の汗っかき体質遺伝

似なくてもいい汗っかき我に似て読書は好きになれぬわが孫

読書よりゲームに興ずる孫にして贈りし本のページ進まず

てんとう虫この頃見ずなり小さくて赤地に黒の紋様が好き

サギ師とは

日常が非日常にと変りしは息子《こ》の名騙りし電話のせいで

クーラーをつけっぱなしで寝たゆえの風邪熱と聞けば納得したり

病院で会社のカバン盗まれてケータイ今は使えぬと言う

今日ひと日家に居るかと聞かれれば居ると答えて電話待つなり

サギだとはつゆ思わねば遠く住む子の体調のみ案じていたり

大金はあらねども今いくばくは用意せねばと不甲斐なき母

盗人の声を聞かんと呼び出せば息子《こ》が出てようやくサギとわかりぬ

留守電に切り替えて待つ間もなくの電話は無言でプツリと切れる

親心につけこみ悪事はたらきて寂しからずや人を騙すは

ジャケット

二昔まえの家計簿メモ欄に二男の大学卒業とある

まだ若き二昔前の我が日常めまぐるしくも充実の日々

パートに出、地域活動短歌《うた》詠みてこの年長女が家を出でたり

初めての賞与で二男が買いくれしジャケット未《いま》だ捨てがたきかな

断捨離の度に残して十五年クローゼットにまだあるジャケット

回想の須臾《しゅゆ》若かりし我なれどうつつに戻れば後期高齢

断捨離のために仕分けし家計簿はやはりとり置く家族の歴史

宝くじ当たればなしたきことあまた七つ星の旅、歌集出版

我よりも背丈のびたる十二歳春一番吹く今日卒業す

卒業式にあわせて戻り来し息子その日に単身赴任地へ行く

去年の秋出番なかりし新品のスーツ着てみる夜の鏡に

いらだちをドアにぶつけて部屋籠る夫との会話かみ合わぬまま

暖かき日ざし心に届かぬ日癒しくれたる柴田トヨの詩

今日の誤算

玉葱の味ほめられて子は今日の誤算と言いつつ神戸牛焼く

奮発せし肉より玉葱ほめられて帰省の息子は誤算をなげく

気がかりがひとつ解決した朝のあじさいの藍色を増したり

団結の花と言いたる友のいてふいに会いたしあじさい咲けば

その内にお茶しましょうと約束しその内その内三月《みつき》を経たる

生い茂る葉陰にかくれしゴーヤの実黄色くなりて己を主張す

憤懣のたまりて今日が限界と窓閉めきって夫と対峙す

運を天にまかすほかなし日本は災害列島脆弱国土

平均寿命こえて夫は元気なり爆弾胸にかかえ持てども

時刻《とき》すぎて来ぬバス待ちつつ時刻表また確める雨の昼ふけ

老犬と老女がゆっくり散歩する互いに相手を気づかいながら

ぬくぬくとバスに居眠り下車すれば今季一番の寒気におそわる

ちかごろは連絡なべてメールにて人声恋しき夕まぐれなり

「お前なら狂乱してる」と言われたりかの人質が息子だったら

大根をきざむ私の背後から誰かおどしてシャックリ止めて

おためごかし

四国での任終え息子が帰りくるその日待たるる四月尽なり

何故にこうもずぼらか締切りがなければ歌も書かぬ我なり

何故か締切り間際にあたふたす一事が万事と思うときある

待つ時間きらいな我とゆとり持ち早めに家出る友と気が合う

とろとろとまどろみしかば牽引機のやさしき音声が終了告げる

陰口をきく人よりも告げ口のおためごかしをわれは憎むも

鮨屋でも魚卵はさけて二十年むしょうに食べたしいくら丼

声援をおくれば笑顔で振りかえり一人抜かれる孫のマラソン

東海道線に乗り継ぐためにプラットホームいつも小走り静岡駅は

はげましの言葉かけつつ気づくなりつまりは己をはげます言葉

何歳かと問われて古希と答えしはひと昔まえ膝も痛まず

食事制限されいる夫にかくれ食む果物なべて罪の味する

夫への不満もろもろ短歌《うた》に詠み七十代最後の夜も更けたり

売り言葉は買い言葉にて言い返す相手が居るを幸と思わん

映画館の帰りに君も口ずさみし「有楽町で逢いましょう」なつかし

五年日記

朝ごとに枯れ葉掃くなり花水木は小庭に似合わぬ大樹となりて

徹夜して書きし手紙が戻りきぬ二円切手が剝がれたるらし

五年日記の最後の欄をつつがなく書きおえ加護に感謝して閉ず

思わざる事件のひとつ年古りし友が言いはる言った言わない

会合で皆が笑うゆえ笑いたりと補聴器わすれし友が言うなり

子ら三人遠く住むゆえリフォームはそこそこにしたり残生思えば

半年で五人も逝きし我がめぐり三人の友が寡婦となりたり

何げなく言ってしまった一言でギクシャクしてくるあなたとの距離

この歳にならねば分らぬこの世界若きにはただ愚痴に聞こえて

活断層活動期に入り列島は熊本ならずもどこかが揺れる

被災地に降りし豪雨が北上しいま関東の雨戸を叩く

いつ何処が安全という保障なき地震大国日本に住む

反抗期まっさかりという中一の孫と行きたしディズニーランド

三十一文字羅列するのみマンネリの闇抜け出せぬ二十年目の冬

二人して長生きせねばと思うなり背中にメンタム塗り合うときに

子のいない長男長女よりプレゼント母の日父の日すこし切ない

三人子の末子の嫁が男の子生みばばになりしよ十四年前

立ち止まる我のあとから水たまり普通に越えゆく少年の脚

ただ単に議席確保のためだけに政策さておき野合するのか

アキアカネわが小庭にも飛びきたり台風十号生まれたる朝

久しくも逢わざる人に行き会えば立ち話ながく夕ぐれ迫る

いつどこで抜け落ちたるや帰りきて我には高価な指輪失せてる

夫の死

急逝の前日君が吾に見せしやさしき笑顔わすれがたかり

あまりにもドラマティックに死にゆけり事後承諾はいつものことで

突然に君は逝きたり伝えたき聞きたき事のあまた残して

「ただいま」と言いつつ気づく「お帰り」と迎えてくれる貴方は居ない

喪中ハガキに驚きたりとのハガキあまた今日は三つも供華が届きぬ

退会せし「男の料理教室」の仲間五人が弔問にくる

君と来る筈だったのに急逝しいま友と聴く弦楽カルテット

折にふれ三人子よりのメールありおひとり様も三月を経たり

飛行機雲のびゆく空よ挑発をつづける国の空につながる

核シェルターの売れゆきの良き日本よ戦前という言葉おそろし

戌年の息子に伴われ正月にスマホデビューすソフトバンクで

伊勢丹には思い出あまた福袋求むる早朝の行列長し

伊勢丹のカルチャー教室で出合いたる短歌　あの頃みな若かりき

「じいちゃんはまだ食べてない」と孫が言う盆の供物は故郷のぶどう

みんな日本語

生存の証《あかし》のように賀状くる会うこともなき半世紀経て

唐突に声かけられて良く見れば知人でありぬ逆光の道

酉の市のにぎわい戻る仲見世に不安を語る人も写りて

すでに世に亡き名優が演じいる濃厚シーンの密をたのしむ

これみんな日本語だよと言う息子カタカナ用語あまたのスマホ

その昔わが恋心告げざりし人の訃告げくるふるさとの友

今さらに録画予約に挑戦す機械オンチが独居となりて

デパス半錠

百歳を寿ぐ電話に唄うがに「腰から下は赤子」と宣らす

少女期に不戦を誓いしきっかけはアンネ・フランクあなたの日記

末の子が新入社員で働きし営業所が見ゆ市川の街

我はまた深夜の地震に寝そびれて今夜は頼るデパス半錠

ゆくりなく歌友《とも》の訃を聞く昼さがり筆文字の賀状もう届かない

引き出しの奥より出できしべっこうの蝶のブローチ息子のみやげ

半世紀余賀状の交流してきしが今年来ずなりひとり居の友

待ち合わせの角を互いに勘違い待ちぼうけする木枯しの道

肺がんの疑いはれて帰りしな売店で買ううなぎ弁当

大地震はわたしの死後にと祈りつつ深夜の風呂場で髪洗いおり

怖いもの見たさにニュース見ておれば学童疎開の記憶が還る

チャンネルを変えても変えてもウクライナひとりの我はテレビが怖い

解説

久々湊盈子（「合歓」主宰）

「合歓」の創刊号が出たのは平成四（一九九二）年六月のことである。その頃わたしは加藤克巳先生の主宰される「個性」に所属しており、その流山支部が十年になった記念に支部活動の一環として「合歓」という小さな歌誌を発足することにしたのだった。田代鈴江さんは「個性」会員ではなかったが、当時、わたしが出講していた松戸の伊勢丹百貨店の短歌教室に参加されていたことから、呼びかけに応じて下さって、同年十二月の第二号から「合歓」会員となって作品を十首出されたのだった。その時の作品から抄いてみる。

若き日に君と登りし愛鷹の山容せまるふるさとの駅

弟の新盆となりしこの夏を老母《はは》が待ちいるふるさとに着く

父逝きし同じ歳にて弟は妻子老い母残して逝きぬ

何もかも忘れてうちこむものありや我がいきてゆく証となして

不況下の就職戦に挑む息子の朝食に添えおくドリンク一本

杞の国の人の憂いに非ざるか今年の気象はただごとならず

とても初心の人の短歌とは思えない。田代さんは若いころから本を読むのが好きで小説などをよく読んでおられたということだから、基本的な文学知識が備わっていたようだ。今回、初期の作品を読み直してあらためて気づいたのだが、ここには田代さんの短歌のテーマがほぼ出ている。一首目の君と呼ばれる初恋の男性はその後もしばしば登場するが、これは多くの人がそうであるようにまず「短歌を作ろう」という行為が心の情動をさそい、若かりし日の初恋や憧れた異性を思い出させるのである。そしてそれがついに憧れのままで終ったゆえに、もしかしたら、あの時ああしていたら、などと自分の別の人生までも空想してしまうものなのだろう。

唐突に浮かぶ横顔このわれも若きまま君をよぎることありや
かの夏の君との会話よみがえるセピア色したアルバムの中
あこがれの君がすすめで漱石の『門』読みたるもはるかなむかし
今ふうに言えばイケメンわたくしの胸ざわめかせ去りゆきし人
その昔わが恋心告げざりし人の訃告げくるふるさとの友

淡い思いのままに終わった初恋は折にふれて甦る。そしてその時ばかりは自分も、また相手の「君」も若い日のままでイケメンと初心で可愛い娘なのだ。だが、夢は夢のまま。間違っても会ってみようなどという愚はおかさない。

もしかして我はみなしごになったかも横浜空襲の日またためぐり来ぬ
疎開先で幼きわれが聞きし報ちちははの住む横浜全滅

真夜に聞く飛行機の爆音ゆくりなくB29の記憶が甦る
通過するB29の編隊を見上げいたりき疎開児われは
終戦が三月《みつき》はやければ横浜も焼けず原爆投下もなかりしものを
古稀われと百ちかき母の六十余年いまは戦後かはたまた戦前

田代さんは故郷への懐旧の念も強い。それはあとがきにあるように、先の大戦の末期に疎開を経験し、横浜の大空襲の報を聞いた時に一度はご両親や弟さんの焼死まで覚悟したという強烈な記憶があるからだ。それゆえ家族へ寄せる思いも人一倍強く、ひいてはこの社会全般の向後の憂いへと思考が拡がってゆく。「いまは戦後かはたまた戦前」という思いは常に心から離れないのだろう。

三人子の母であるゆえ三通りの憂いを持ちて梅雨寒の朝
無駄遣いしてしまいたり子の関わるブランド商品カゴに入れきて
阿波おどり見せたき息子それよりも汝の住む町見たくて母は

飛行機は決して乗らぬと決めいしが搭乗手続きいま完了す
「お前なら狂乱してる」と言われたりかの人質が息子だったら

一首目は初期の歌である。子供がいくつになっても心配の種は尽きない。一女二男に恵まれて、今ではそれぞれに伴侶を得て独立しておられるのだが、それまでにはさまざまな心労があったにちがいない。二首目も他人から見れば親バカとでも言われかねないが、息子が関係していると思えば高価なブランド商品にも思わず手が出てしまう。さらに長く自認してきた飛行機嫌いも息子会いたさにあっさり撤回してしまったという。そんな妻に「お前なら息子が人質になったら狂乱するだろうな」と温かく苦笑する夫の姿があたたかく好ましい。

ロゼワイン二杯に酔いて愉快なり笑い上戸よ昔も今も
「半額」の大きシールを貼られたる花束かかえてスーパーを出る
列島の大地ゆらすか大鯰この頃どこかがいつも揺れてる

良い意味の鈍感力も身につきてトゲある言葉も笑い飛ばせり
洗顔のあとのクリームぬる頰に小皺は見えずメガネはずせば
今年こそ会いたいですと書き添える賀状はこれで五回めの嘘
大根をきざむ私の背後から誰かおどしてシャックリ止めて

田代さんの歌の魅力はなんといってもこういったユーモアのある大らかさにある。お年を召してからはお酒の歌は見られなくなったが、ロゼワインの歌も鈍感力の歌も、五回めの嘘、なんていう軽口も実に楽しい。家族や友人たちも田代さんの生来の明るさにきっと励まされたり、気持ちがラクになったりしたのではないだろうか。

わが投じし一票の行方見とどけん視聴してもどかし政治討論
確実に滅びに向かう惑星か気象史ぬりかえ真夏日の秋
不穏の世に生れし赤子が笑いたり今日は祈らんおまえのために
月光はアフガンの子らも照らすらんいかなる未来を描くかその子

梅雨闇にドクダミが咲き独裁者の率いる国の狂気を憂う
戦争貧困知らぬ世代が推進する国防軍もアベノミクスも

本集の中では社会への関心がしばしば歌われているのも見逃せない。テレビに見る政治討論のもどかしさは政権首脳が何度交替しようと変わらないし、異常気象への危惧は大きくなるばかり、地球上のどこかで絶えず繰り返されている紛争も無くなることがない。そういう意味ではどの歌も普遍性があり鋭いものだ。子供達が巣立った後の寂しさをうるおしてくれた愛犬ドナの歌も、写真家キャパに対する思い入れ深い歌も抄きたいところだが、解説者が言い過ぎてしまってもいけない。あとの鑑賞はお読みいただく方に委ねることとして、最後に残念ながら五年前に急逝されたご夫君の歌を抄かせていただくこととする。

平均寿命こえて夫は元気なり爆弾胸にかかえ持てども
食事制限されいる夫にかくれ食む果物なべて罪の味する

売り言葉は買い言葉にて言い返す相手が居るを幸と思わん
二人して長生きせねばと思うなり背中にメンタム塗り合うときに
突然に君は逝きたり伝えたき聞きたき事のあまた残して
急逝の前日君が吾に見せしやさしき笑顔わすれがたかり
あまりにもドラマティックに死にゆけり事後承諾はいつものことで
「ただいま」と言いつつ気づく「お帰り」と迎えてくれる貴方は居ない
「じいちゃんはまだ食べてない」と孫が言う盆の供物は故郷のぶどう

お元気だったころのご夫婦の有様がうかがえるような歌を読むと、今さらに胸が痛いが、田代さんはその後、腰痛から歩行が困難になられて「合歓」を退会され、現在は講読会員になっておられる。したがって以前のように歌を発表する機会が間遠になり、残念ながら集の後半になると歌数が少なくなっているのである。しかし、歌集出版を機にこれからもご夫君への挽歌をぜひお作りいただきたいし、短歌を通じての仲間と親しく語り合っていただきたいと願っている。

あとがき

私が短歌と出会ったのは五十代の半ば、子供たちもそれぞれ家を出て何かぽっかり穴があいたような、中途半端な気持ちの時でした。

働き盛りの弟が病死したことも関係あるかもしれません。たまたま、松戸駅近くの伊勢丹デパートの短歌教室の広告が目に入り、三ヶ月やってみようかなと思ったのでした。

そこで偶然出会った人達ともう三十年も付き合っているのですから、縁というものは不思議なものだと思います。

その時の講師が久々湊盈子先生でした。三ヶ月のつもりが半年となり、一年となり、平成四年に「合歓」に入会、「歌が出来ない」と何度も挫折しそうになりながら、なんとか今日まで続けることが出来ました。

私は昭和十年の秋、静岡で生まれましたが、物心ついた頃には横浜にいました。戦争が激しくなり、国民学校三年生の夏休み、叔母（父の妹）を頼って静岡に学童疎開したのです。子供でしたから、戦況が切迫している事などあまり解っていませんでしたが、翌年の五月二十九日の午前、横浜は数知れない米軍機Ｂ29の編隊によって激烈な空襲を受けたのでした。翌日、学校の朝礼で校長先生が「横浜は全滅しました」と言うのを呆然と聞いたことを覚えています。父はその日、川崎の職場から夢中で横浜まで歩いて帰ったそうですが、身重だった母が数え五歳の弟を背負って逃げられたとはとても思えず、焼け落ちた防空壕を前に悄然と立ちつくしていたところへ、奇跡のように母が戻ってきたということでした。

その後の苦労話なども、もっと聞いておけばよかったと、今にして悔やまれるのですが、ともかく戦争の悲惨さ、残酷さを知る人が次々と亡くなってしまい、近年の世の中は長引くコロナ禍やウクライナ紛争、北朝鮮の核ミサイル等々、人類の平和が急速に危機に向かっているように思えてならないのです。私自身も年を取り、戦争体験を語る機会もなくなりましたが、短歌を作ることで世の中の動きを見続けたいものだと思っています。

五年前の秋、長年連れ添った夫が胸部動脈瘤の手術のため入院、術後の経過もよく無事退院というその日に突然、脳出血を起こしあれよあれよという間に亡くなってしまいました。八十六歳でした。夫は退職後、そのまま嘱託で二年間勤務しましたが、その後は詩吟、カラオケ、グラウンドゴルフ等、悠々自適の日々を楽しんでいました。昭和一ケタ生まれの夫は、男子厨房に入らずを地で行く人で、みそ汁くらい作れるようになって欲しいと思っていた私は、市の広報で見つけた「男の料理教室」に勝手に申し込みをしました。

当初はしぶしぶ通っていたのですが、そこで同じ班になった四人と意気投合し、六ヶ月の終了期間を過ぎても五人で会場を借りて講師を呼び、今月はイタリアン、次は中華、和食と次々と挑戦していきました。各家庭を順番に夫人同伴で一品料理を持ち寄っての食事会、忘年会、一泊旅行と楽しい日々を持てたことは幸せなことでした。

現在私は、足腰を悪くして長年住み慣れた二階家に住みづらくなり、近くの集合住宅の一階に移って四年になります。幸い、東京にいる長女夫婦、横浜にいる長男夫婦、近くにいる次男の家族がそれぞれ折に触れては訪ねてくれますし、以前住んでいた近隣の友人たちもときどき立ち寄ってくれたりと一人住まいにも慣れてきました。これからも月に一度の歌会で仲間とおしゃべりするのを楽しみに、元気に短歌を作り続けられたらと思っております。

思いがけず自分の歌集をまとめることになり、これまでの作品を見直しました。約三十年という、長いようであっという間に過ぎた自分の時間を集約するというのは、心が震えるような作業でした。選歌から構成、その後の出版に関する万々のお世話を久々湊盈子先生のお手を煩わせました。そのうえに解説までお書きくださり、感謝の言葉もありません。出版をお引き受けくださった典々堂の髙橋典子様、装幀の秋山智憲様にもお礼申し上げます。

お手に取ってくださる方々の目に、一首でも残る歌がありますように祈りつつ、これまでの私を支えてくれた歌友たち、友人、三人の子どもとその家族にもこの場でありがとうという言葉を伝えたいと思います。

夫がいたら苦笑するかも、と思いつつも、やはりこの歌集を亡き夫、田代准一に捧げたいと思います。

令和四年　紅葉の美しい日に

田代鈴江

歌集　時のながれ

2023年１月26日　初版発行

著　者　田代鈴江
〒271-0064　千葉県松戸市上本郷4362
ル・グランⅡ105

発行者　髙橋典子

発行所　典々堂
〒101-0062　東京都千代田区駿河台２-１-19
アルベルゴお茶の水323
振替口座　00240-0-110177

組　版　はあどわあく　印刷・製本　渋谷文泉閣